바람의 집

황금알 시인선 128
바람의 집

초판발행일 | 2016년 6월 20일

지은이 | 김정윤
펴낸곳 | 도서출판 황금알
펴낸이 | 金永馥
선정위원 | 김영승 · 마종기 · 유안진 · 이수익
주 간 | 김영탁
편집실장 | 조경숙
표지디자인 | 칼라박스
주소 | 03088 서울시 종로구 이화장2길 29-3, 104호(동숭동, 청기와빌라2차)
물류센타(직송 · 반품) | 100-272 서울시 중구 필동2가 124-6 1F
전 화 | 02)2275-9171
팩 스 | 02)2275-9172
이메일 | tibet21@hanmail.net
홈페이지 | http://goldegg21.com
출판등록 | 2003년 03월 26일(제300-2003-230호)

값은 뒤표지에 있습니다.

ISBN 979-11-86547-36-6-03810

바람의 집

김정윤 시집

황금알

내 삶의 흔적들이 오랫동안 부끄러워

모른 체하고 지나쳐왔다

때로는 머릿속이 헝클어진 실타래처럼 출구를 찾지 못해

허둥지둥 두통에 시달렸다.

이제는 작정하고 너를 벗는다

어느 날 오후를 견디면서

목동산방

김정윤

차 례

2부

3부

4부

1부

어느 여름날

섭씨 30도
멈출 수가 없다
부르르 떨며
돌아야 한다
그것만이
감당해야 할 몫이다

멈춤 버튼이 켜질 때까지

못생긴 돌

산과 산이 포개어진 계곡에
캄캄하게 고개 떨구고
가위눌린 아랫도리 씻어내며
여기까지 밀려 왔습니다
빛을 들일 수 없어
온몸을 굴러 살을 깎습니다
모서리마다 살점 떨어지는 오늘과
안으로 여미는 생각의 끈 어디쯤
끈적한 알몸 위로 푸른 이끼 올라옵니다

수시로 일어나는 기억의 실타래 속
아스라한 중심에서
한결 투명해진 심줄을 당깁니다
보랏빛 계곡의 목덜미에
사태지듯 어둠이 쏟아지면
진물 흐르던 검은 가슴 위로 별이 뜹니다
머지않아 푸르게 푸르게 보시할 그 순간까지
법열의 경지 같은 귀만 열고 있습니다

누군가에게
— 의자

말을 걸고 싶어도 입에 짜디짠 재갈이 물려 있어!
퉁퉁 불은 눈동자에 눈물이 매달려 보이질 않아
주위가 물속처럼 고요해

사람을 기다렸지만
낡아가는 의자가 된 지도 오래

개망초와 엉겅퀴의 어렴풋한 눈빛이
영원으로 흐르는 노래를 흥얼거린다

푸른 페인트가 얼룩진 그늘로
무진장하게 쳐들어오는 풀 군단들
바로 이웃에 메타세쿼이아 묘목들이 이사를 왔다
그들은 이유 없이 환영받는다
그들의 안전한 이식을 위하여 희생되는 억울한 나무들
도 있으며
그것은 어둠이 내리면 의심 없이 시작된다

공사장의 하루

언 땅을 딛고
하루에도 수십 번 헤집고 다니는 덤프트럭
새벽별을 보고 집을 나와
먼지 풀석이는 현장 너머 한강의 강심에 검은 눈을 담
근다
사방이 밝으려면 아직 이른 시각
장정 몇 겨울을 녹이려 쾅쾅 폐목을 가른다
불씨에 당겨진 장작불 너머
생이 부끄러운 그대 얼굴들 환해지고
처진 어깨 위로 하얀 연기가 나비처럼 흩어진다
토막토막 이어지는 이야기들
안전모에 내려앉는 새벽이슬
그 모자에서 출렁출렁 강물 소리 바람 소리 들린다
사선으로 그어진 검고 노란 금지선
생은 저리도 위험하고 나약한 이파리인걸
악몽을 꾼 듯
몽롱한 눈빛 거두어 온몸 환하게 불을 댕겨
영혼속을 흐르는 붉은 핏줄 하염없이 두라고
누군가가 속삭인다

드라이플라워

무성해진 거울 속 이파리 새파랗게 독이 올랐다
여전히 TV 화면은 출렁거리고
온갖 나무를 키워낸 여름 산빛은 내 눈길을 오래도록
붙잡는다
제 속에 빛을 가두고
제 속에 바람을 가두고
제 속에 울음을 가두고
침묵으로 말라가는 눈 시린 빛깔
집안 가득 번지는 질기디질긴 몸 내음새
죽음이 시름이 될 수 없다는 듯
순한 절벽 끝에 매달려 있는 핏빛 꽃등
물이끼 자욱한 거울 속으로
까치발로 다가가
등이란 등을 다 밝혀도
내 몸은 종일 캄캄하다

조청을 고며

가마솥 안 갱엿이 졸아붙고 있다
붉은 거품을 터뜨려가며
마그마의 시간을 견딘다

푸른 싹을 틔운 엿기름을 물로 팍팍 치대 가며
누군가의 달근한 미각을 꿈꾸며 신열을 앓는다
마른 장작에 불을 댕기면
또 다른 세상이 환히 비친다

저녁노을이 아랫목에 펼쳐질 때
하얀 복福사발에 한 국자의 조청을 퍼 담는다
둥그런 원심력 속에 동그란 목숨이 고이고 있다

환한 곳에서

컴컴한 문이 열렸다

그곳은 아무도 없고 고막을 찢는
소리가 보였다
푸르스름한 등껍질 아래 물컹거리는 세계를
건드리는 예리한 기억
벼린 소리로 열고 나니
드러나는 우둘투둘한 침묵의 껍데기

거기 머물렀던 막막한 시간
거기 머물렀던 화농의 내장이
빈혈 가득한 모습으로 딸려 나온다
물컹거리는 욕망으로 살찌우던 거
한 덩어리 움찔거림을 지켜보던 거
움질거리는 흡반의 입술로 살아왔던 거
자리를 옮기는 어둠 같은 거
흘러가는 세월을 지문처럼 새기던 거
새긴 허공의 지문을 십장생 문양으로 돌려놓던 거
그 문양이 숨을 쉬면서 허공으로 튀어나오던 거

환한 어둠 속에서

비로소 문이 닫혔다

판화 속 고양이

긴 겨울을 지나오며
어미는 봄 햇살 풀어지듯 어둠 속에다 몸을 풀었다
제법 장한 일을 하였노라며
앞장서며 안내하는 새끼들이 있는 덤불 같은 속
오늘은 당신을 위하여 나의 심장을 꺼내 보여주고 싶어
촘촘한 구천의 그물 위
아직은 붉은 젖을 물리지 못한 분홍빛 물풍선 같은 새
끼들의
맥박이 또아리를 틀고 있었다
숱하게 지나간 시간 속
무수한 언약들은 제 그림자 깔고 앉아 있는
저 순한 눈망울의 동공 같은 것이랴!
다만 지나간 세대의 기억이 지문에 남아 있을지라도
찬란한 반란을 버리고
숭고한 침묵을 택하고서야
비로소 터져 나오던 양수의 미끈거림과
채 여물지 않은 봄날의 숨결 그 속살
질긴 탯줄을 끊어줘야 살 수 있는 이치를 모르는 까닭에

당신과 나 사이의
은밀한 교감 같은 것
뜨끈한 수프 같은 것
나를 부를 때 목젖의 떨림 같은 것

당신과 나 사이의
흘러가는 눈빛 같은 것
고추 모종 위로 부는 산들바람 같은 것
나를 부를 때의 살가운 울림 같은 것

원시의 숲에서 날아오르는 사람들

모두
나뭇등걸에 걸터앉아 하늘로 오르려 하고 있다
강물은 거꾸로 흘러가고
누군가를 죽여달라고 간절히 기도하던 두 손을 꽉 부
둥켜안은 채
21세기의 문명이 토악질을 하고
무소불위의 권력들이 하나씩 피를 흘리며 역사의 뒤편
으로 사라졌다
방금 누군가가 앉았던 의자 위에는 투명한 유리병이
빛의 각도에
따라 색깔이 변한다
고흐의 초상화가 놓인 방바닥은 노르스름한 오후의 권
태와
긴 그림자에 생을 철퍼덕 부려놓고 있다
문을 열어 놓은 사람은 보이질 않고
한 세상 저물도록 바라본 숲에서는 젖은 깃을 털며 새
들 날아오른다

천장의 창에서 쏟아지는 굴절된 빛만큼 나의 생이 출

렁거렸던가 하고 생각한다

　나는 이 방으로 들어왔지만 생경하고 낯설다
　사물들의 짙은 그림자가 나와 같이 움직이고 있다
　그래서 더 쓸쓸하다
　모두 나뭇등걸에 걸터앉아 하늘로 오르려 하고 지금
　나는 여전히 기웃거린다. 나만의 방을

낚싯줄에 목을 매다

살아 내기 위해

노랗게 물든 은행나무 아래에서
묵언수행默言修行하는 자세로 앉아
낚싯대를 드리운다
비린 것을 먹지 못하는 그는 느릿한 손놀림으로
붕어를 낚아 올린다
지느러미가 촘촘한 놈이 무늬처럼 지나가고
물에 젖은 동그란 눈이 그와 눈을 마주친다
비닐 천막을 둘러친 뱃머리에 앉아 있노라니
꽃잎 지듯 나뭇잎 흩날리고.
미동도 하지 않던 오늘이 거센 해일을 일으키며 부딪
혀온다
푸르게 젖은 길을 걸어 왔었던가?
뒤축이 뭉개진 그의 신발 속 겨우살이 닮은 길들 가득
하다
묵혀둔 삶을 여기까지 끌고 온 적의 가득한 바람 속에서
은행나무와 그는 그대로 겨울 풍경이 되었다
사람들은 하나, 둘 은행나무 아래 모여

환한 은행잎에 물들어 가고 피돌기를 시작한 따끈한
붕어를 기다린다
　푸른 지폐가 그의 좁고 어두운 동맥 한가운데로 떨어
지고
　그는 한 봉지의 붕어와 생을 맞바꾼다
　늦은 오후의 햇살에 ㄱ자로 구부러진 낚싯대와 함께
　낯선 생을 휘적휘적 건너온다
　건너온 다리목에서
　힘껏 붕어를 낚아 올린다
　오늘은 월척이다

고장 난 시계

낡아가는 게 꼭 나쁜 건 아니지
엉겅퀴가 하얀 솜털을 내밀고 있는 것
풍경이 진저리치며 흔들리는 것
그건 상처를 견딘 흔적들이지
가던 길 돌아볼 때마다
짐처럼 매달려 있던 너
바람벽의 부적이 되어
밤새 안녕이란 말이 무색하게
아침이면 붉은 관절 마디마디가 딸꾹질을 하지

물물物物이 고장난 세상에서
혼자 공포를 느낄 건 없지
사람들 속에서 그리움으로 시선을 붙잡기도 하는
대물림받은 너는
견고한 사색에 빠진 듯 나뭇결은 빛이 나고
무심한 시간들을 위로하며 시간을 낳고, 낳고, 또 낳
고는 하지
투명한 유리문 속으로 많은 사람들이 지나가는 지금
발자국 소리는 진공상태인 벽 속으로 연기처럼 스며들지

하얀 솜털이
엉겅퀴 뿌리 속으로 스며들 듯이

노랗게, 잊힌

나는
이글거리는 새벽 침묵 속에 퍼질러
앉아 있다.
두툼한 여닫이 바다의 깃은 낡아 보풀이 하얗게 일고
있다
사이로
갯벌 깊숙이 닻을 내린 등이 굽은 폐선 한 척
나는 해무가 잔뜩 낀 해안선을 따라
등대도 없는 방파제 끝까지 왔다
끝에서 보는 바다, 끝에서 보는 하늘,
끝보다 더 끝은 어디일까?
안갯속, 걸어온 길은 이미 지워졌고
가야 할 길도 없으므로 이젠 찢긴 닻으로 갯바람을
견뎌야 한다
흔들림 속에서 읽을 수도, 읽히지도 않는
바다만이 유일한 사랑이므로
목숨 같은 사랑이었으므로
녹슨 폐선 밑은 오히려 화~안하다

어떤 웃기는 퀴즈 문제 하나가

일등도 했다가

더하기도 했다가

오순이도 외쳤는데, 치매 진단을 받고 말았다

정답은. 이등이고
더하기는 틀렸으며
오순이 이름은 영희였다
뒤틀린 저 나무처럼 나 하늘을 보다

좌뇌, 우뇌가 갸우뚱 미끄러지는 날이었다

　내 삶의 답들이 우우 빈 깡통 속에서 부끄럽게 덜거덕
거린다

　눈발이 희끗희끗 내리는 길 위에 한 여자 서 있다

연둣빛 잔가지 끝이
— DMZ를 가다

연둣빛 잔가지 끝이 소리 없이 흔들리며
땅과 하늘의 허리에 아슬하게 걸려 있다. 위험해 보였다
잿빛 나무들은 양팔로 햇빛을 끌어 제 무릎에 올려놓고
그림자 없는 이끼는 죽음을 기억하는 바위의 푸르스름
한 얼굴을 핥아주고 있다.
　저곳은 인기척이 끊긴 지 아주 오래
　기다림에 지친 구름의 욕망과
　길을 지우는 안개들은 어디 가서 쉬고 있는가?
　저곳의 바람들은 어찌하여 하얗게만 떠돌고 있는가?
해가 지면 붉은 땅을 위로하며 살아 움직이는 충혈된 짐
승은 자유로운가?

　젖은 물풀들 사이로 누군가가 온다.
　병든 머리를 길에 풀어헤치고 빗물에 잠긴 풍경처럼
난감하게…
　고요한 강을 따라 빗울음을 우는 비둘기들은 왜? 녹슨
철조망 부근에서만 종종거리며
　날개 속에 허파를 가지고 다니는 새는 왜 맨발인가?
　그 속에서의 세상은 고통인가? 아니면 고요한 열락인

가?

　지는 꽃의 안부는 지는 꽃에 물어야 하는 걸 우리는
안다.

　남겨질 그녀의 안부가 못내 궁금해 흰 사발 속 달처럼
밤을 새울 것임을,

　우리는 안다

사막의 가시풀

살아남기 위해 세상의 모든 것들은 형체를 만든다
북인도의 푸쉬카르의 하늘빛은 검푸르다 못해
검은 우물 빛이었다
늙은 원숭이들의 울음소리가 허공을 떠다니던
어젯밤 꿈속에서 보았던가?
옛날 어느 저잣거리의 늦은 파장을 비추이던 노을빛이
었을까?
목적지가 같은 우리들은 뭉클한 낙타의 눈빛에 배반의
날들을 셈하며
일몰의 사막 속으로 들어간다
숨막히게 아름다운 이곳으로 오기 위해
참으로 많은 날들을 흘려보냈다
매연의 도시를 뒤로 한 채
두터운 점퍼 속에 몸을 구겨 넣고
비장함마저 감도는 낡은 버스를 타야 했다
그 버스 속 풍경은 왜 그리 낯설었는지
그건 살아 있다는 낯설음이기도 했다
세상의 시름으로 부풀어 오른 혹을 매만지며
이 어둠이 오기 전에 사막 속으로 들어가야 한다

가시풀이 별처럼 박혀있는 사바나의 심장 속으로
노래를 부르며 들어간다
비릿한 사막의 한가운데서 우리는 무엇을 하려는가?
아마 갈퀴 같은 죽음을 껴안으며
박하 향내 나는 삶을 이야기할지도 모른다
우리의 행군을 지켜본 가시나무에게 경배를 올리고

모래를 움켜쥐듯 가시풀을 움켜쥔다
손안에 따끔거리는 별들이 한 가득이다
짜파티를 굽는 냄새가 사막 궁창을 환하게 밝힌다

마네킹

폐허로 변해버린 상가商街
먼지 자욱한 유리창 너머로
나무 행거에 고정시킨 머리통이 할 말을 하겠다며
몸통은 버리고, 벗어 버리고, 세상을 비웃고 있다
검은 글씨 (ㄱ.ㅅ.ㄲ.ㅆ.ㅂ)와
붉은 글씨 (ㅏ.ㅑ.ㅓ.ㅕ.ㅗ.ㅛ)
사이 사이
쓰레기 속에나 뒹굴어야 할 욕설들이 쓰나미처럼 밀려
나온다
삼백안 눈을 치켜뜨고
먹피를 물고 있는 입술 사이로
혼돈의 머리카락이 붙었다 떨어진다
한때 저 아름다운 마네킹에게 예쁜 꿈을 입혀 시침핀을
고정시킨 날도 있었으리라
저 황홀하리만치 어여쁜 마네킹에게 존재의 환희를 심
겨준 날도
이렇게 꽃비가 내렸으리라
환한 세상이 낯설어 혼자 중얼중얼
더는 나를 건드리지 말고 내버려 두라

더는 나를 미사여구로 혼란스럽게 하지 마라
이대로 허공의 무덤 속에서 침몰하게 하라
이대로 허무의 바람 속에서 흩어지게 하라

옷걸이에 걸린 옷들을 입을 수가 없는 지금
나의 눈은 옷의 어깨에 팔에 허리에 다리에
고정되어 있다.
햇빛 쟁쟁한 유리창 바깥은 나의 과거가 되었다
나는 지금 여기에 있다
시간이 가고 있다

자전거가 할 일

늦은 오후

어긋난 석 장의 잎을 1층부터 층층이 밀어 올린 칡덩굴이

2층 바람길 사이로 들어와

허공 속 먼지를 뒤집어쓴 자전거

어깨에다 젖은 몸을 말린다

줄기와 줄기 사이

잎과 잎 사이

넝쿨과 넝쿨 사이

하늘색 페달이 동그랗게 구르다 멈춘다

베란다 귀퉁이에서

바람의 뜰을 꿈꾸던

자전거가 할 일이란

지리멸렬한 삶들의 눈물을 받는 일뿐

주어와 동사가

명사와 형용사가 사라진 지 오래된

쓰이지 못한 언어는

시린 손을 비비며 독한 술에 젖는다

그 손을 잡은 칡덩굴의 붉은 꽃은 더욱 더 붉어만 가고

누군가 앉은 지 오래된 자전거 안장은 한없이 적막하
다 그 자리서 멈춘

칡덩굴의 손마디가 가늘게 떨린다

2부

흰 꽃잎들의 세상

어느 날부터인가

나의 말들은 하나의 부호처럼 난해해지기 시작했다
뜻이 전달되기도 전에 상황은 종료되거나 이어지거나
했다
흰 꽃잎들이 눈처럼 날리던 날이었다
초승달처럼 휘어진?
닳아버린 싸리비를 들고 휘이~휘이 비질을 하는데
끼리끼리 뭉쳐 있거나 대열을 이루고 있던 것들이
떨어지지 않으려 안간힘을 쓰는 연인들처럼
고통을 견디고 있었다
자음과 모음의 껍질이 벗겨지고 물렁물렁해진 나의 낱
말들은
악몽을 꾼 다음 날 더 흐려지곤 했다

흰 꽃잎들이 눈처럼 날리던 날
그런 날이었다

너무 멀어 갈 수 없는 것들이

너무 멀어 갈 수 없는 것들이
열을 지어 솟구쳐 올랐다가 바닥으로 나뒹굴었다
한 평 남짓한 화단에서는 폐허의 바람이 종일 불었다

남루한 치욕 덩어리는 은밀한
폐부 깊숙이 서걱이는 얼음덩이를 뜯어내야 했다
아침이면 풀잎에 이슬처럼 사라져 갔다
파피루스가 자라던 수조는 고동 껍질 같은 풀이 대신
차지하고
긴 줄기 끝에 핏빛 꽃을 내밀어 벌레를 쫓았다
나무들은 이제 긴 침묵 속에 꿈을 묻고
수많은 길이 뒤엉킨 뭉개진 신발은
발끝에서 찬란한 이별을 고하고 있다
너와 나! 억울해서 숨죽였던가?
뒤척이며, 무늬를 만들며, 이 시대를 온몸으로 기며,
이 폐허를 벗어나자
이 찬란한 폐허 속으로 들어가자.
밤이다

물백합

가빠띠강*은 물백합의 무리들로 푸르다
물결의 뼈 위에서
잠시의 멈춤도 없이 빠르게 흘러가는 저 꽃이 물백합
이란다
솟구치는 법도
자맥질하는 법도 없이
가빠띠강의 먼 하류 쪽만이 길이라는 듯
강물의 속도보다 더 빠르게 흘러간다
저렇게 흘러가면서 지리멸렬하게
사랑의 꽃을 피우고
씨앗을 퍼트리는 강 위로
파랑새 한 마리 둥근 원을 그으며 날아올랐다
무슨 일이 있었나?
발이 젖은 악어 무리와 물백합이
일몰의 가빠띠강을 환한 손으로 만지고 있다
흘러가는 것들의 뒷모습이
얼마나 처연한지

흘러가다 잠시 모래톱에 등을 기대는 것도

한데 엉겨 빙글빙글 도는 것도
한 생이 오고
한 생이 가는 것을
내 잠시 캄캄한 눈으로 바라본다

* 가빠띠강: 서네팔 치트완국립공원을 가로지르며 흐르는 강

마당 속으로

누구든지
정겨운 마당 하나쯤 추억하고 있으리라
언제든지
살가운 마당 하나쯤 찾아가고 싶으리라
싸리 울타리 안으로 보이는 쓸쓸한 흙 마당
방금 누가 다녀갔는지 말간 마당이 정갈하다

마당이란 그런 것이다

서랍 속에서 잠자고 있는 유년 속의 마당을 열어 보라
버선발로 뛰어나오시던 외할머니
마당에서 하얀 박꽃처럼 웃고 있던 어머니
마당 한쪽에서 히죽이며 피서답을 빨던 춘자 언니
창백한 얼굴에 속눈썹이 유난히 길던 만도 오빠
빨랫줄에서 지느러미로 헤엄치던 가오리, 개상어, 명
태, 대구
그 서랍 속에는
햇살을 찡긋 깨물고 푸른 물이 뚝뚝 떨어지는 예쁜 꼬
마가 있으리라

오늘 발이 푹푹 빠지는 세상에서 뛰쳐나와
싸리비로 쓸면 비 자국이 선명한 마당 깊숙이
들어서서 다시는 돌아 나오지 않는
한 장의 추억이 되고 싶다

푸르고 가는 어린 잎사귀들이
— 왕버들

환~한 입술로 주변을 재잘거리고 있다

일생 시린 물속에서 무너지지 않고
버티는 것은
이곳이 어린 잎사귀들이 모여 사는
둥글고 둥근 집이기 때문이다
등에 아가를 업어 잠재우듯
떠도는 거지 같은 영혼 하나쯤 잠재울 수 있다고 중얼
거리며
꼼짝없이 그리움을 견딘다
시퍼런 생각 하나만으로 꽃이 피고 지고
가슴엔 출렁출렁 바람이 일렁인다
주산지의 왕버들은 해가 지기 전
죽은 자들의 이마에 생피가 돌 듯
무릎 아래 철벙이는 잔물결들을 몸속 깊이 거두어들
이고
꿈꾸듯이 기도를 올린다
별자리마다 세상의 모든 꽃
피어나게 해 달라고

별자리마다 세상의 시름 다
거두어가게 해 달라고

산 아랫마을에선 소식 좀 전하고 살자는
편지가 오늘쯤 도착할 것 같다

3월의 풍경

나의 눈이 누군가와 마주쳐 정지해 버렸다
흐린 창을 바라보다 소스라치는 새 한 마리
그 창을 들여다보기 위해 6층까지 키를 키운 나무
먼 남쪽 마을 매화가 만개했다는 소식 위로
황사는 하늘을 덮어 버렸고
먼지 자욱한 날
살아내야 할 이유들이 사라져 갔을 때, 문득
그대를 생각하는데 오랜 시간이 필요한 건 아니었다

가난을 벗어보겠다고 맨발로 가시가 박힌
사막을 타박거리며 걷던 아이를 생각한다
낙타의 혹에 매달려 가시나무를 피하던 나의 알량한
우울을 생각한다
무엇이 두려운가? 나의 칙칙한 생이여
주먹만 한 별이 이불이 되어주었던 인도의 밤하늘과
애기낙타 한 마리가 아이의 평생 꿈이라는 재잘거림이,
오늘은 눈이 연꽃처럼 예뻤던 그 아이가 내 귀에 필사
적이다
웃는지 우는지 모를 낯선 얼굴이 창을 스쳐 갔다

그대도 나처럼 자극이 필요한가

내일은 목련 봉우리에 불을 댕겨 활활 타오르는 봄의
창을 생각하자

그래 누구든지 한 곳을 향해 흘러가고 있으니
그대가 9월의 포구를 잊기 위해 잠적을 했다는 소식을
나 오늘 들었으니

알로카시아

그가 사랑한 저 나무에서
예고는커녕 목 울음도 없이
시퍼런 이파리 한 장이 툭! 떨어진다
서러운 몸통 속으로 물소리 환청으로 들리고
물때를 기다려 도착한 바다도 아니건만
나무껍질에 새겨진 시간의 나이테와
화석으로 남은 공룡 발자국
그 흉터 위로 남은 기억 하나
봄이 오면 곧 녹아버릴 눈사람처럼
어두운 눈빛을 슬퍼할 수밖에 없다는 것
그 슬픔을 아무도 가르쳐주지 않았다는 사실을

물집 많은 그 집 담벼락에 기대어 살던
대책 없는 몸뚱이들 그 붉은 맨살을
지는 잎이 어루만져주고는 시들어갔다
병든 잎이 만져주는 이것이 사랑인가?
사랑이 있어 견딘 호박고지 같은 시간이 사랑이련가

속 깊은 곳에서 무름병이 또아리를 틀고 있다

무릎병이 도지면 이 시름도 끝나버릴 텐데

방을 환히 밝히는 저 적요로운 궁전 하나
그가 알로카시아다

간이역을 지나며

높은 등고선 아래 폐허 같은 동네를 기차가 멈춰 서더
니 바로 지나간다
곧 무너져내릴 것 같은 지붕이 소한 추위에 바짝 오그
라 붙었다
숨이 넘어갈 것 같은 기적 소리에도
이 악물고 살아냈을 집들이 부르르 몸을 떤다
몸을 떨 때마다 벽을 지탱해주던 껍질들이 한숨처럼
쏟아진다
이제 이 동네는 머언 기억의 저편으로 사라질 것이다
불편한 다리를 땅에 밀착시킨 채
해마다 봄이면 가장 먼저 봄을 알려주었던 목련
그 탐스러운 가지와 솜털 보송한 봉오리들은 느꼈을
것이다
발밑에 제비꽃 닮은 달개비와 누군가가 심었을 가시
울타리
허리가 휘어버린 라일락을 이제는 잊어야 한다는 것을

한 번 더 마지막 꽃을 피우기 위해 흙냄새를 따라
발가락을 밀어 넣을 것이다
머지않아 무덤으로 변할 이 폐허를 위해

봄에 핀 꽃들이

하염없이
지는 길을 걸어간다.
약속처럼 지는 꽃들은 말이 없다.
캄캄한 꽃들 사이 수화로 눈을 뜬 잎이 펼쳐지고
지상에 잠시 떴다 지는 수많은 별들 사이로
수천 마리의 나비 떼 하늘 속으로 소리 없이 흘러간다.

온몸으로 혼곤하게 갈겨 쓴 활자들

붉은 길 이리도 환한데
맨발이 부끄러운 나는
시퍼렇게 황홀한 풀씨들
잠적하듯 뿌리내린 길을
죄인처럼 길을 갈 때
미혹을 밝히는 등불들
바로 지척에 출렁이고
수화로 귀를 연 이파리들
숭숭 바람구멍을 내고 있다

올레길에서

내가 한 그루 고욤나무처럼 늙어
까만 돌담 쪽으로 기울어 갈 때
빈집의 슬레이트 지붕도 녹슬어 갔다
석돌에 바람 들 듯
신열에 멀미하듯
웅숭거리는 내 안의 바람은 언제쯤이면 고요해질라나?
울지 못한 사람들은 날마다 어디론가 떠나고
나는 난해한 지도 위에서 길을 헤맨다
절룩거리는 마음 곁에서 오래도록 지켜본 꿈과
견디기 힘들었던 허연 각질의 시간들은
언제쯤 겨울 풀잎에 기대 아편처럼 꽃 피워질라나?
내 몸을 타고 오르던 인연의 넝쿨들
오래오래 봄꽃처럼 피어나
자잘한 참새들의 재잘거림과 어우러지기를
저승꽃 가득한 손의 체온에 기대어 위로받기를
나 오늘 올레길에서
새벽이슬같이 사라질 지극한 마음이
저승꽃 가득한 고욤나무 몸피에 다닥다닥 붙어있는 걸
보았다

아! 죽어도 없어지지 않을 마음이 걷고 있다

풍경

그를 만나러 동막골 깊숙이 들어간다
천지를 흔드는 천둥소리도 잠재우듯
동막골 가는 길은 환하고 둥글다
지난겨울
병이 깊을 대로 깊어져 버린 사과나무의 가느다란 팔
목에
누런 삼베 붕대 감겨 있고
죽어 무덤이 된 나무 옆에서 화목으로도 쓰이지 못하
는 긴 한숨
먹먹함에 익숙할 즈음 흐릿해진
너를 위하여
너를 위하여
너덜너덜한 명목의 목숨이여
손바닥만큼의 그늘이 여기 있으니
꽃 진 자리에 진동하는 비린내 오늘 양철 물고기 한 마리
검게 멍이 든 등뼈 드러낸 채
약사암 처마 끝에서 바람에 몸을 말린다

어느 누가 못 잊을 사람을 그리워하는가

그리워하다 보면 못 잊게 되는가

뜨거운 가마솥 안
독초도 약초 곁에 있으면 약초가 된다며 바람이 불 때
마다
허공을 가득 채우며 속삭이는

골목을 향해

그대를 마중하던
대추나무 이파리가 검푸르게 무성한 날이 있었다

그대를 기억하던
대추나무 실한 열매가 가지마다 알알이 별처럼 박혀있
던 날이 있었다

커다란 창으로 반사되는 빛 부신 추억은
은빛 햇살과 더불어 종일 진저리 치며 놀다 갔다

달빛의 가느다란 손가락이 고향 마루에 놓인 풍금을
두드리듯
허공 속의 이파리를 씨줄 날줄로 엮어 한생의 그물을
짜고 갔다

고비 사막을 건너온 어느 여인의 타박으로부터
대추나무의 고난은 시작되었다고 봐야 한다

전지를 심하게 당한 왼쪽 어깨와 팔의 환상통으로
가지 끝은 울음의 감옥이 되어 오그라 붙어 버렸다

새 한 마리 날아들지 않는 소슬한 새벽녘
옹이가 된 가지 끝으로 이슬이 주렁주렁 주렴처럼 매
달려 있다

골목을 향해 사람을 마중하던 대추나무 가슴께
실눈썹 모양의 새벽달
오늘 하루를 벼릴 모양이다

어느 길모퉁이 노점상

어머니 당신은 누구십니까?

매서운 바람의 손톱이 하도 날카로워
차마 고개를 들 수 없습니다
다리 사이에 머리를 수그리고 바람을 피하는
당신은 어느 신전에 양각으로 새겨진 천사였습니까?
골고다 언덕에서 피 흘리던 예수 그리스도였습니까?
생활의 올이 풀려버린 가난한 플라스틱 바구니에
푸성귀는 얼어 터져 뒹굴고
스티로폼 상자에 기대어 까무룩 잠이 든 당신
저 잿빛 바다를 망각한 고등어 몇 마리
굵은 핏줄 훤히 드러난 당신의 손등처럼 보랏빛입니다
먼지가 목을 조르는 길 가장자리에서도
고단한 당신의 이마에 문신처럼 붙어 있는 머리카락은
오늘도 어질머리를 앓아 시름시름 저물어 가도

　그 이마에 소리 없는 고통이 포말로 부서지는 걸 바다
는 알까요?

여리고 가는 햇살 한 조각에도 당신은 덥혀진다는 것을
이 세상의 모든 빛 그러모아 오직 당신의 영혼에 덮어
주고 싶을 뿐

집으로 가는 길
늦은 오후의 주머니 속에서 강물처럼 흐를 구름 조각들
하얀 근심들
어머니!
어머니 눈빛에 가 닿지 못하는 이 마음 종내 목젖이 아
파 옵니다

천리향

바람 서러운 오후
말라버린 나무의 녹슨 이파리를 걷어내니
벌레들이 꾸물거렸다
독약처럼 매달린 하얀 혹들
나무줄기 사이사이
시한부 선고를 받은 사람의 젖은 눈이 거기 있다
한 귀퉁이에서 어둠을 견딘 푸르른 줄기 하나
살기 위해 넘긴 캄캄한 길들
되돌아 나오느라 분주한 걸 보니 목이 메인다
흐르는 시간에 고개를 떨구고
가려운 몸통을 허공에 대고 긁는다
그대 핏빛 살비듬들 떨어지고
꽃망울들 터져 나온다
천 리까지 번져나갈 아득한 향내
밀어올리느라 해지는 줄 모르고

겨울새들 까맣게 날아간

하늘 언저리
먀옹이 울음소리 들린다

사랑초 닮은 눈은 대추나무 아래 묻어두고
하얗게 언 길을 걸어
어미 마음 들키지 않으려
혼자 먼 길을 가버렸다
빈 시간들은 절룩이며
묵정밭에 쌓인 눈을 밟고 지나가고
어미를 목 놓아 부르는 미양이의 푸른 눈만이
九天을 떠돌고
마음 깊은 속 어디로 갔는지 모를 먀옹이를 가둔다
이별은 사람이나 동물이나 가장 아픈 데를 후벼 파는 것
살아서나 죽어서나
말 못할 슬픔을 덮어줄 무덤 하나 없이
먀옹이는 그믐달처럼 캄캄하게 이지러져 버렸다
본래 나의 사랑은 형체가 없었던 것
묵정밭 구석에서 얼어 터진 얼굴을 하고
누런 국화가 두 손을 받쳐 들고 그렁그렁 울고 있다

겨울나무 아래 서다

한 평 남짓한 정원이
묵정밭으로 변해 버렸다
인조 물오리들이 하얀 무덤을 등에 지고
정원 한가운데를 지키고
잎 떨어진 나무 아래 펄럭이는 햇살 한 점

어느 해 삼월 그 날 이후

겹겹이 거미줄이 쳐놓은 방문 앞을
나 아직도 서성이고
실어증 걸린 나무 울음에
먼 심장 안쪽이 먼저 허물어진다
왜 사는지를 서로 묻지 않듯이
겨울나무의 이력을 묻지 않기로 한다
그게 겨울나무에 대한 예의이므로
견디는 데까지 견디자 그래보자
별 그리기를 좋아하는 소유가
오늘은 나의 봄이고 희망이다
시큰거리는 손가락으로
거미줄을 걷고 동그란 그리움 하나 높이 걸어놔야겠다

3부

술 마시는 이유

비가 오면 탄식처럼
술을 마셔야 한단다

비가 오지 않는 날도
한숨처럼 술을 마셔야 한단다
이유가 뭐냐고 물었더니
우주 어디에선가
하루도 빠지지 않고 비가 오니까
우주 어디에선가
하루도 빠지지 않고 별이 되는 사람이 있으니까

이유 같지 않은 이유에
기우뚱 하루가 일어선다

흔들흔들 비가 일어선다

수묵 담채화

바람의 통로가 되지 못한 위태로운 유리 속
연꽃 피었다
우리의 삶은 뜻하지 않은 시간에 바닥을 드러내고
죽음 또한 어두운 시간에 오질 않았다
척박한 진흙 속
잎맥이 도드라진 넓은 잎을 위해
한 방울 이슬의 기도를 듣기 위해
기꺼이 캄캄한 그림자가 되어준 그대
이제는 붓을 거두어 별빛 찬란한 하늘에 걸어두시게

생이란
얼마나 아름다운 수묵담채화던가
그걸 진작 알았더라면
지는 꽃들에 눈물 보이지 않고
손 흔드는 것들에 등 돌리지 않았을 텐데
그대 가슴속에서 아득히 날개 돋는 것들을 위해
홀로 바람벽이 되어
이제는 푸르른 밥상을 차려 줄 수 있고,
적막을 견딘 퀭한 눈으로 흰 새벽을 맞을 수 있을 텐데

첫눈이 왔다고 하는데

흔적은 도로 위에 검은 그림자로 남아 있다
누가 다녀갔는지 그 위에서 읽어지는 문장 하나
아침노을이 너무나 선명하여 더 고독해지고
고독은 우울을 먼지처럼 껴안아 풀썩풀썩 바이러스를
퍼뜨리고 있다
사람들은 알고도 모른 체하며 오늘을 살아간다
어이없이 죽어간 사람들의 이야기와
허름하고 낡은 생각들을 끄집어내
전화 단축키를 눌러 보면 어김없이 우주 저편으로 건
너간 사람들의 소식에
현재는 뒤뚱거릴 수밖에 없으니
고양이는 어린 참새를 물고 와서 재롱을 부리고
어느 순간 사라져 버린 참새의 행방에 고양이의 입만
쳐다본다
동그란 눈을 크게 뜨고 입을 다물고 있는 저 고요한 정
물화 한 점
하염없이 아름다운 아침노을
그래도 삶은 찬란하고, 찬란한 게 삶이라는 속살거림에
마음의 성장이 육체의 성장을 따라갈 수 없을 때

지상으로 떨어지는 낙엽처럼 경련을 일으키는 나의 슬
픔은
알고도 모른 체 살아가는 사람들과 어울려 꿈을 꾼다

바람의 집 1

녹슨 청동거울 속으로
성난 바람이 나뭇가지를 흔들고
나뭇잎들이 한 차례 공중회전을 한다
히스클리프가 포효를 하듯
가슴 풀어헤친 바람은 종일 서성이며 울부짖는다
오늘 밤에도
성긴 눈발이 비와 함께 온다 한다
그 길을 걸어온
작은 여자는 콧등에 주름을 잔뜩 구겨 넣은 채
알 수 없는 눈웃음을 흘리고
세상은 의문 투성이로 벌건 숯불 속으로 익사해 버렸다

갓난아이를 위한 착유의 시간
명치끝 위로 끈끈한 슬픔이 흘러넘치고
갯더미로 변한 나의 기억들은 왠지 부끄러웠다
시간은 투명하여 더 견디기 어려웠고
링거 병을 타고 내리는 수액처럼 권태가 똑똑 떨어지고
나는 죽음을 한 근 사서 내 죽음 가까이 두고 묵념을
한다

붉은 십자가에 걸려 있는 아무것도 아닌 생이
펄럭거린다

바람의 집 2

나무의 몸이 떨고 있다
나뭇가지는 연둣빛 안개를 두른 채 지상에 얹혀 있다
쌍둥이 빌딩 앞이 갑자기 환해졌고
수런거리듯,
하루 사이에 벚꽃이 만개하였다
꽃핌으로 인해 눈부신 거리에서는
욕망을 위해 파란 신호등을
기다리는 사람들도 신비하게 꽃을 입에 물고 있었다
바람 탓이리라
허구적 삶을 견디기 힘들어 붉은 벽에다 낙서를 하고
나는 글자를 해독하느라 검은 안경을 껴야 했다
누군가는 하얀 공중에서 소식을 전해 왔고
지상에서의 삶을 빈정거렸다
또 누군가는 서해의 캄캄한 바다를 이야기하며 허탈해
하였다
핏줄을 꼭 움켜진 손에 바람의 진동을 느끼며 그는 어
디로 가는가
피가 섞이지 않아도 가족이 될 수 있다는 걸 오늘 말해
주리라

4월의 햇살은 나무를 품고 산등성이를 오르고
나는 마음 환한 곳에서
회색 그림자와 더불어 흔들리고 있다

바람 탓만이 아닐지도 모른다

바람의 집 3

아름드리 소나무를 베어내고서
누런 상의를 걸친 사람들은 말이 없었다
푸른 담배 연기에 날숨을 뱉어내며
소나무의 송진 냄새를 진단한다
수령 22년의 나이테는 너무나 선명했다
왜 그랬을까?
현실을 돈으로 계산하지 않아도
소나무는 살렸어야 했다
전략적으로 혹은 보복으로
어두운 곳에서 속수무책으로 당한 억울함이 푸른 눈을
뜨고 있다
이 좋은 봄날에
벚꽃 축제가 시작되었다는데
목련이 사태지듯 휘날린다는데
소나무 그루터기 위로 비릿한 햇살이 쏟아지고 있는데

기억하지 마라 서럽게 그리운 사람아
이제는 휘이 휘이 먼 길 떠나야 할 때,

흔들리지 마라 아프게 꽃피운 사람아
해지기 전, 길 떠나 호롱불 환히 밝힌 처마에 부~웅
닻을 내려야지 않겠나
그대의 흰 목덜미에
두고 온 가족들의 애끓는 바람이 피멍 같은
피멍 같은 포말로 바스라진다

바람의 집 4

조그만 창으로 초록이 출렁인다
사진을 찍을까? 망설이다 물 묻은 손으로 신문을 펼친다
오늘 법정 스님의 49재가 송광사에서 치러지고
스님이 심었던 후박나무 아래에서 영면에 드실 스님
스님의 "무소유의 철학"
무소유는 소유하지 말라는 뜻이 아닌
있는 것을 나누어 주라는 말씀이라는데
나는 누구에게 무엇을 나누어 주어야 하나
나는 항상 결핍 속에서 산다고 생각했다

기다리던 나의 남자는 오지 않았다
세상은 미궁 속으로 빠져 들어가고 있었다
약속은 깨어지기 위해 있다고 했던가?
마로니에 이파리가 눈에 띄게 초록으로 짙어졌다
바로 옆의 목련은 작은 미풍에도 하얀 꽃잎을 각혈하
듯 쏟아내고
애기 단풍나무는 앙증맞게 작별하듯 손을 흔든다
빗자루를 손에 든 늙은 청소부의 어깨 위로 황사 바람
이 구부정하다

나는 너무 많은 것을 소유하고 있어 소름이 돋는지도
모른다
　눈부시게 피었던 벚꽃들 소름에 꽃등을 달고 잠깐의
봄날을 기억하게 하자
　아무것도 아닌 생을 위해 오늘은 나를 축하하자

바람의 집 5

― 돌복숭아꽃

여기저기 몸져누운 나무들 사이로
간들간들 흔들리며 피어있는 그대
연분홍빛 꽃잎조차 서러워서
눈물 나는 날
지난겨울 모질게 입 다물고 견디었을 그대
마른 줄기 사이를 지나는 허기진 바람도
꽃피는 봄날 있어
침묵하며 잊자고
비수처럼 꽂히던 돌팔매도
공갈 협박하던 어처구니도
견딜 수 있었다고
한 세상 쪼글쪼글한 열매 가슴에 매달고
아이들 입에 떫은 시詩나 한 편 읽어주고
생의 크레바스 같은 시詩앗을 어금니 다치지 않게 발라
주면 어떠랴

나 아직은 생강 마디 같은 옹이와 한몸으로 살아도 행
복할 터
눈 질끈 감으면 온 천지에 떠다니는 별 부스러기 소식

도 들려올 터
　돌복숭아 꽃잎 아래에서
　나 오돌오돌 피어나고 싶었다

바람의 집 6

깊은 밤
지경 들판 반듯한 무논에
우주가 열리고
골 따라 심어진 벼 포기에 별이 핀다
수근대는 숲
휘청거리는 절망 끝에서
판토마임을 하는 하얀 얼굴
내가 누구인가
나를 찾아주시오 제발!
소리를 찾아 나선다
허공 속의 손짓 발짓
굳어버린 파란 입술
넋이 빠져버린 나그네 그 모습은
피를 토하듯
온몸으로 우는 형벌의 꽃
깊은 밤,
지경 들판 반듯한 무논에
우주가 열리고
골 따라 심어진 벼 포기에 달이 핀다

바람의 집 7

온통 어둠 속이다
대낮에 누가 가로등을 켜 놓다니
눈물겹게 잎이 지는 거리에서
어제의 길은 사라지고
오늘이 또박거리며 걸어온다
너무 버거웠을까
지리멸렬한 삶으로 무거워진 어깨
천근으로 짓누르던 푸른 그리움
비로소 예감하는 우리의 매듭
질긴 매듭이 하나, 둘, 풀려나간다
가벼워질 대로 가벼워진 몸
빛으로 서서 빛이 되어
꽃비보다 찬란한 오색 무지개
발등을 덮는다
빨, 주, 노, 초, 파, 남, 보

내일을 약속하며
길을 떠난다

관습Custom

햇살은 선인장 가시처럼 살갗을 파고들고
우리 사는 일 별거 아니라고
우리 살다 이별하는 거 별거 아니라고
우리 살다 몸 벗는 일 별거 아니라고
아비는 가장 사실적인 그림 한 장으로 아들들 무릎을
꿇린다
너희를 위해 마니차를 돌리던 모습이 아비는 아니란다
아들아! 맨발의 순례객과 함께 성지를 돌던 모습도 아
비는 아니란다
물주지 않아도 자라나는 시간들 속에서
너희들 머리를 쓰다듬던 아비의 손도 기억하지 말거라

차곡차곡 쌓인 장작더미 위 그 주검에 어머니의 강물이
적셔지고 화부가 불을 댕긴다.
아들아! 간절한 마음으로 꽁지머리만 남기며 삭발을
하는 너희 모습을 기억하마
아비의 상실을 표시하는 그걸 관습이라 하자
꽁지머리가 계속 자라나 뱀처럼 똬리를 틀어도 놔두거라
그건 아비의, 아비의 이야기이며, 또한 너희들 이야기

이며
　너의 아들들 이야기이며 그 이야기는 강물이 흘러가듯
계속 이어질 것이다
　기다란 작대기로 누군가가 나의 등을 후려치는구나
　이별 의식이 너무 길다는구나

　허무의 강 아래서 원숭이가 우는구나
　생강 마디 같은 손가락을 쪽쪽 빨며 뼈 한 조각을 기다
리는구나
　오! 나의 아들들아. 시간이 없구나.
　이제 이 아비를 말갛게 씻어다오
　마니차를 돌리던 주름진 손을 강물 깊숙이 감추고서
　그림자를 지우며 가고 싶구나

* 인도에서는 장례식에 남자만 참석을 하고 동전 크기만 하게 머리를
　남기고 삭발을 하는 관습이 있다

어느 날

하염없이 광활한 우주의
한가운데 앉아 지구를 본 적이 있었지
푸른 안개에 쌓인 내가 살았던 세상
텅 빈 골목 끝 어디쯤
나는 풀썩거리는 먼지를 보았고
꾸물꾸물 기어 나오는 구더기를 보았다

텅 빈 하늘 한 곳, 나의 등 뒤
회오리같이 빨려 들어가는 블랙홀이 있었지
허공의 유리 의자에 앉아
푸른 안개에 쌓인 내가 살았던 세상
어둠은 더 짙은 어둠을 뱉어내고 있었고
활화산이 뿜어내는 마그마 같은 불빛이 내가 살았던
도시로 뱀처럼 흘러가는 게 보여
그 불구덩이에서 화상을 입고서도 히죽거리는 사람들
보여

아무것도 아니었던 삶
그걸 인화해 내느라 밤낮으로 걸어다녔던 구불텅한 길이

사방으로 흩어지고
한 사람 집 떠나 먼 길 떠나려 작별을 고하고
한 사람 등 기댄 하늘 버리고
발바리의 추억을 사람들에게 나누어주려 종종거리고

푸른 안개에 쌓인 내가 살았던 세상
고요롭고 적요한 내가 살았던 세상

폐쇄 회로 TV로 본 세상

밤새 싸라기 눈발이 곱게 쌓여
행인 몇, 들고양이 몇, 비둘기 몇
발자국 선명하게 남겨 놓았다
고요한 정적을 숨죽이며
잎 떨어진 나무 아래 쥐똥나무의 까만 눈이 지켜보았
으리라

견딜 수 없는 분노의 저 족문을
서늘한 새벽의 저 비틀거림을
증오의 손아귀에 쥐어진 흰 꿈을

삶은 지리멸렬하거니와
관찰당하는 자와
관찰하는 자
참지 못하는 자와
참는 자
흐릿한 빛에 노출된 구부정한 저 삶의 정체는 누구 것
인가?
그 삶을 들어 올리는 선명한 발자국이

허공에 닿아 있으므로
자연에 가까우므로
우리는 낯설다 낯설어서 슬프다

이 풍경을 인화하기 위해 하루를 스케치한다
우리 모두가

거리의 소

굴욕스러워라
되새김질을 망각한 소
그러나 입 벌린 사이로 보이는 저 누런 시간들
침묵의 눈동자가 나를 휑 뚫고 지나간다
순간, 나의 명치끝 어디쯤이 아리다
하수구의 구정물을 마시고
썩은 쓰레기 더미에 코를 박고 있는 소

야윈 등뼈 위에 달라붙은 쉬파리 떼들
오! 저 털이 빠져버린 어미의 상처에
입 몇 개가 매달린다

그들에게 남은 생은 얼마나 깊은 어둠이기에
저렇게 산맥처럼 말라버렸나.
양배추 부스러기와 얄팍한 과일 껍질로
내가 알아낸 건 아무것도 없다는 사실이다

빛이 빠져나가는 수상한 골목에
철퍼덕! 구겨진 종이처럼 앉아

아무도 돌보는 이 없는
저 마알간 소와 나의 인연을 생각해 본다

8월의 산

컴컴한 방에서 나와 산을 오른다

후욱 끼치는 산의 입냄새를 온몸으로 받아 안으며 흙
계단을 밟는다

밤새 산에선 무슨 일이 일어났을까?

굴참나무 어린잎들이 파란 열매를 매단 채 여기저기
흩어져

어딘가를 흘러가느라 몸을 뒤척인다

누군가에 의해 나무 줄기들은 수난을 당하고

채 여물지 못한 어린 열매들도 황톳빛 계단에 꽃무늬
를 만들고 있다

이끼 빛 이별은 소나기처럼 준비 없이 찾아왔고, 끈을
놓아버린

출렁이는 바람 속에 드러누운 저 푸른 눈들의 아우성

꿈에서라도 나의 딱딱한,

무기력을 휘돌아 부드럽고 고요한 허공을 향해 키를
키우면 될 텐데

나무와 나무 사이에는 금세 무장한 풀벌레 소리로 꽉
차있어

나의 발은 순간 기우뚱 들려 올려지고

내가 지나갈 틈이 없는 골짜기에 서서

8월의 나무 이름들을 가슴에 새긴다
흙 속에 발을 묻고 우듬지에 조등弔燈을 매단 8월의 나
무들을

어떤 책

오래된 도시 바라나시 속에
내가 나무처럼 서 있다

"내 살아온 걸 책으로 쓰면 소설책 몇 권은 될 거야"
어디서 가물가물 그녀의 목소리가 들린다

소음의 기포 속에서 뽀글거리는 기억들.
먼지 자욱한 길 위에 버려진 딱딱한 눈동자
이미 식어버린 하얀 심장
펀자비를 입은 맨발의 여인들이 눈으로 말을 건다
고통과 공포는 결코 그녀들을 따라붙질 못 한다
속눈썹이 길게 그림자를 만들 때
나의 몸은 보호받지 못하는 불가촉천민의 어깨에 얹
혀
그들의 노랫소리를 듣는다

라마신은 알고 있다 라마신은. 라마신은 라마 라마……
아득하다……
세상에서 찢어진 종이 하나 해독 못 한 나는

한 권의 소설책이 되어 마니까르니까 가트로 가고 있
다.
　나를 위해 기꺼이 소신공양燒身供養해 줄 가난한 장작더
미들
　세상의 바깥에서 나를 감싸 안아
　깊은 폐허의 안쪽에서부터 천천히 타오르거라 천천히
　사막의 한가운데 모래바람 불면
　나의 이야기가 다 끝나기도 전에 애처로운 불은 사그
라질지 몰라
　먼저 와서 무너져 내리는 책들 사이로
　가쁜 바람이 웅웅거리고
　가트는 한 바탕 몸살이다
　신나는 불꽃 축제다
　화부의 창백한 손가락이 긴 소설책장을 넘길 때마다
비릿한
　활자들이 스프링처럼 튀어오른다
　갠지스강 깊숙이 묻어 버릴 말들
　그 말들은 어느 어둠 속에서 또 다른 횃불을 켤 것인가

작은 보트에서 디아를 띄우던 손들이 일제히 손을 흔
든다
이렇게 황홀한 의식을 치를수 있다니
이 세상에 온 보람이 있다는 걸 알고말고
어슬렁거리던 검은 소가 순간 멈춰 섰다
소의 눈동자가 활활 타오르고 있다

선물

궁산이 내려온 자리에
선물처럼 내리는 문장들
나는 경전을 일구는 뜨거운 호미 한 자루 가지고 싶다
그 푸른 마디마디 속에
이랑을 만들고 흙을 돋우어
시리우스에서 가지고 온 씨앗 몇 알을
구들목 같은 마음에다 심어야지
바람에 휘둘리는 아슬한 벼랑 끝이라도 심어야지

평생 동안 내가 지켜갈 대휘, 서현, 소유
해 저물기 전
우리 새깽이들을 불러
말라 비틀어진 젖을 물려 봐야지
해는 지는 일로 하루를 살 듯이
눈꽃도 피었다 지는 일로 하루를 산다

4 부

강변의 연극배우들

소리도 없이 눈이 내리는 날엔
질펀하게 펼쳐진 안개 낀 강변이 떠오른다
죽음의 그림자가 눈 밑에 드리워진 연극배우들이
공연장을 찾아 헤맨다
굳이 찾지 않아도 하나둘 모이는 자체가 연극일 텐데
바람이 불고 가로등이 하나둘 켜질 때쯤
낡은 차 속에서 찾아낸 배우들의 옷가지들은
강변의 빨랫줄에 걸리어 살아있는 듯 춤을 춘다
회색빛의 무표정한 얼굴들
웃는 듯 우는 듯
하지만 시간은 그들의 추억을 갉아먹질 못했다
장미꽃보다 붉게 타오르는 몸짓들
그대여, 그대를 잊어버리는 건
21세기를 부정하는 것보다 쉬운 일
이 잿빛 비둘기들 뒤뚱거리는 스산한 강변에서
눈물마저 말라버린 몸뚱이로 연극을 한다
그대여, 죽음을 껴안고 사는 일이 새삼스러울 것도 없
으련만
웃고 있는 바람이 지금 죄를 짓고 있으니

너는 누구?

매화꽃 날리우는 섬진강 기슭에서
두 손 가득 햇살을 움켜쥐었지
두 손 가득 금모래를 움켜쥐었지
산막보다 더 쓸쓸해진 마음에 생각은 끊어지고
……………………………………………
또다시
두 손 가득 강물의 속살을 움켜쥐었지

……………………………………………
하얀 햇살의 촉수에 찔려 피 흘리는 나는 누구?
방금 내 손을 스치고 간 중병 앓는 너는 누구?

12월 어느 날

아파트 관리실에서 정전을 알리는 소식

한 장 남은 달력도

그믐밤처럼 어두워져 버렸다

기념일에 크레용으로 표시한 붉은 동그라미만

재잘재잘

속절없이 환하다

아름다운 사랑

버스가 지나간다
불 켜진 창을 매달고서
검은 의자에 올라앉아 창밖을 보는 사람 하나
밤은 낮의 풍경들을 용납하지 않고
희미한 실루엣만을 허락한다
독하거나 독하지 않거나
난해한 거리를 심장을 노출한 바람이 휑~ 지나간다
최초로 백석의 시집이 경매에 부쳐지고
그를 사랑한 자야는
백석 시 한 줄 값도 안 되는 길상사를
법정 스님에게 희사하고
흰 당나귀와 나타샤의 사랑이
이 겨울에 무르익어 간다

후박나뭇잎

더는 들을 수 없다
저 낙엽 지는 소리, 소리, 소리,
꽃들이 필 땐 소리 없이 피고
꽃들이 질 땐 소리 없이 진다는데
후박나뭇잎은 아니다

더는 볼 수가 없다
진달래 꽃잎을 들어 올리던
손바닥만 한 화단 둘레를
회오리치며 춤을 추듯 내려꽃히는
누런 햇살을 내 어찌 볼 수 있는가

더는 붙잡을 수 없다
나뭇잎을 들썩이며
모퉁이 돌아가는 저 가을을
내 어찌 붙잡을 수 있겠는가
봄부터 준비한 등을 보이는 저 무정을
젖은 손으로 어찌 붙잡겠는가

고목이 나목에게

속수무책으로 너를 바라보다
너의 어깨에 쌓여가는 눈처럼
젖은 인사 한마디쯤
해 줄 수도 있으련만
나는 아무 말도 할 수가 없었다
세상은 뿌옇게 흐려가는 안개 터널 속
내 눈도 흐려져 갔다

봄이면 너는 꽃눈을 뜨고 세상을 나오겠지만
동짓날 내리는 싸락눈에 나는
눈 막고 귀 막아 내 스스로 청맹과니가 되어
적막한 고요 속에 침몰하며 너를 새기리라
그리고 문득문득
열에 들뜬 듯 소스라치게 그리워질 때면
작은 등으로 이마를 비추어 푸른 숨결을 더듬어 보리라

속수무책으로 너를 바라보다

나는 아무 말도 할 수가 없었다

나이란

나는 오늘에야 알았다

봄이 오기 전에 봄을 알아 버렸고
여름이 오기 전에 여름을 알아 버렸고
가을이 오기 전에 가을을 알아 버렸고
겨울이 오기 전에 미리 두툼한 외투 준비를 한 것

그것이 사악邪惡해져 가는 나이라는 괴물
사악邪惡이란?
이제 더는 내 것이 아닌 파스텔 빛 시절에 대한 화풀이
라는 것
이제 더는 내 것이 아닌 복사꽃 빛 시절에 대한 질투라
는 것
그리고 화풀이와 질투가 체온을 마구마구 떨어뜨린다
는 것도 알았다
화풀이와 질투가 보랏빛 설레임도 낚아채 가는 것도
알았다

그래서 외로운 거다

그래서 추운 거다
나이는 그런 것이다

나는 오늘도 나이를
사악 사악 먹는다

태백 눈꽃축제에

눈꽃열차를 타고 간다
시간이 멈춘 듯 적막한 태백역
간간이 쌓인 눈 조각 사이로
구름을 뚫고 해가 비친다
눈보다 더 많은 사람들, 사람보다 더 많은 차들
검댕을 칠한 혼령이 한바탕 살풀이를 하는
마당에서 살아있음이 얼마나 큰 슬픔이라는 걸 나는
알겠다
요설이 진실로, 뒷담화에서 거짓된 세상의 그림자를
사방이 무덤인 이곳 광산에서
장구 치고, 북 치고, 꽹과리의 절묘한 화음에 혼령인
들 즐겁지 아니할까
나는 오늘도 지하갱도에 갇힌 사람들의 풍경으로
움직이지 않는 박제된 역할을 할 뿐
나의 시간은 더는 흘러가지 않는다
그냥 조용히 지나가기를 바랄 뿐
삶과 죽음이 한 몸으로 구도를 이루고 있는 곳
절대 고독과 절대 슬픔만이 가치가 있는 곳
생각과 생각이 캄캄한 갱도를 따라 흐느적거릴 때

머리 위에서 우르릉쾅쾅 무덤 닫히는 소리 들린다
이제 비에 젖은 옷을 벗어 걸어둘 시간
이제 생의 폐허 위에 검은 비 내릴 시간

나는 이제 그만 내 주검 위에 하얀 눈꽃을
쌀밥처럼 뿌려주고 싶다

구름버섯

가랑잎 또르르 구르는
적막한 산길에
밑둥이 뿌리째 뽑힌 이름 모를 나무를

아카시나무가,
갈참나무가,
스트로브 잣나무가,
소나무가 내려다보고 있네

수만 갈래 엉킨 길을 내보이며
홀로 깨어나는 푸른 눈빛 거기 있네
이젠 한 길을 가기 위해
제 몸속 그림자도 허락 않는 그늘 속
따뜻한 새들의 날갯짓 소리 아득하게 기억하겠네
오늘은 착하고 어진 동무를 가까이하여
촉수 낮은 어둠을 도란거리고 싶네
영원에 대해 이야기하고 싶네

적당한 거리 유지가 생존의 법칙이라는 것에 대해,

눈 시린 밑둥에 아편 같이 피어나는 구름버섯에 대해
밤을 낮처럼 이야기하고 싶네

어처구니없는 일들이 난무하는

세상에 눈이 온다

잎을 다 떨군 겨울나무의 파르스름한 몸뚱이 위로 하염없이 젖어간다

"연말입니다
불우이웃돕기 성금 내지 마세요 그 돈 불우이웃에게 안 갑니다
당신이 따뜻한 마음을 가진 사람이라면
길거리에서 추위에 떨고 계신 행상분들의 물건을 팔아주세요
그게 바로 이웃돕기입니다"

사회에 쓴소리 마다치 않는 어느 스님의 SNS에 올린 글이다.

지금도 눈은 오고 있고

나는 아무 까닭 없이 작은 수족관에 떠오르는 오색 찬

란한

푸른 이끼를 생각한다.

겹겹이 이해할 수 없는 세상에서 펼쳐 든 뉴스 한 토막

눈은 오고 있다

출가 出家

바랑을 어깨에 멘 비구니 스님 지나간다
씨 없는 감나무 터널을 지나
자갈을 입에 문 냇가를 지나
적송의 어깨를 흔드는 바람 사이를 지나
세상 소리 가득한 귀는 길 위에 내려놓고
삭발승 닮은 바랑을 절 마당에 내려놓으니
너와 내가 다녀간 흔적에 하늘이 일렁이고 구름이 고
여 있다
누군가가 나왔던 고독의 세계와
누군가가 들어갈 우울의 세계는
오직 하나의 문으로 일어서고 있었다
그 문의 경계는 누가 만들어 놓으셨나?
일주문 안은 얼마나 고요한가
일주문 바깥은 얼마나 소란스러운가
바람의 파문으로 마지막 떨켜를 놓아버린 나무를 바라
보며
땅거미 내리는 요사채를 나와
등불 환한 마을을 향해
비구니 스님 지나간다

긍정성과 낙천주의로 버무린
미래지향적인 시

권　온(문학평론가)

1.

　두 개의 장르를 넘나들면서 자신의 문학적 역량을 마음껏 뽐내는 이가 여기 있다. 시는 물론이고 수필 분야에서도 자신만의 일가—家를 이룬 김정윤이 바로 그 사람이다. 그녀는 2001년 수필집『반대로 도는 톱니바퀴』를 발간하면서 1994년 등단한 이래 두 권의 시집『길이 아니어도 길을 만들며』(2003)와『달의 가벼움』(2004)을 잇달아 상재한 바 있다. 김정윤은 수필과 시, 두 개의 갈래를 자유롭게 넘나들면서 양자의 장점을 취합하여 자신만의 독자적인 시를 생성하였다. 그런 점에서 그녀가 십여 년의 공백을 깨고 출간하는 세 번째 시집은 시인 김정윤의 이름을 한국시단에 새삼 각인하는 계기가 될 것으로 생각한다.

2.

조그만 창으로 초록이 출렁인다
사진을 찍을까? 망설이다 물 묻은 손으로 신문을 펼친다
오늘
법정 스님의 49재가 송광사에서 치러지고
스님이 심었던 후박나무 아래에서 영면에 드실 스님
스님의 "무소유의 철학"
무소유는 소유하지 말라는 뜻이 아닌
있는 것을 나누어 주라는 말씀이라는데
나는 누구에게 무엇을 나누어 주어야 하나
나는 항상 결핍 속에서 산다고 생각했다

기다리던 나의 남자는 오지 않았다
세상은 미궁 속으로 빠져 들어가고 있었다
약속은 깨어지기 위해 있다고 했던가?
마로니에 이파리가 눈에 띄게 초록으로 짙어졌다
바로 옆의 목련은 작은 미풍에도 하얀 꽃잎을 각혈하듯
쏟아내고
애기 단풍나무는 앙증맞게 작별하듯 손을 흔든다
빗자루를 손에 든 늙은 청소부의 어깨 위로 황사 바람이
구부정하다

나는 너무 많은 것을 소유하고 있어 소름이 돋는지도 모
른다

눈부시게 피었던 벚꽃들 소름에 꽃등을 달고 잠깐의 봄
날을 기억하게 하자
　　아무것도 아닌 생을 위해 오늘은 나를 축하하자
　　　　　　　　　　　　　　　　　　　—「바람의 집 4」 전문

　　김정윤의 이번 시집에는 '바람의 집'이라는 제목의 연
작시가 다수 있는데 이 시는 네 번째 작품이다. 세 개의
연으로 구성된 이 시의 1연은 법정 스님의 이른바 '무소
유의 철학'을 언급한다. 시의 화자 '나'는 신문에서 법정
스님의 49재 기사를 보면서, 그가 말한 '무소유'의 의미
를 확인한다. 법정 스님은 소유하지 않는 것이 아닌, 있
는 것을 나누는 것이 무소유임을 알려주었지만, "나는
항상 결핍 속에서 산다고 생각했"기에 누군가와 무엇을
나눌 수 없었다.

　　실내로 판단되는 1연의 공간과는 달리 2연의 공간은
야외로 추정된다. "마로니에 이파리"나 "목련" "애기 단
풍나무"나 "늙은 청소부" 그리고 "황사바람" 등의 어휘
가 조성하는 2연의 공간은 원래 '나'와 '나의 남자'의 약
속장約束場이었다. 하지만 남자는 나타나지 않았다. "미
궁"이나 "각혈" "작별"이나 "구부정하다" 등의 표현은 약
속 파기를 암시한다.

　　3연은 '나'의 성찰이 두드러지게 제시된다. "나는 너무
많은 것을 소유하고 있어 소름이 돋는지도 모른다"나
"아무것도 아닌 생을 위해 오늘은 나를 축하하자"가 성

찰의 구체적인 사례이다. 1연에서 '결핍'을 운운하던 '나'는 3연에서 '소유'를 말한다. 우리는 이 대목에서 에리히 프롬Erich Fromm의 저서『소유냐 존재냐To Have or To Be』를 떠올릴 수도 있겠다. 김정윤 시인은 이 시에서 소유만을 지향하는 현대인의 삶을 비판하면서 존재 그 자체를 존중하는 삶을 살 것을 제안한다. 그녀가 말하는 '아무것도 아닌 생'은 '나'라는 존재에서 축하와 축복을 찾을 수 있는 삶을 뜻하는 것이기 때문이다.

깊은 밤
지경 들판 반듯한 무논에
우주가 열리고
골 따라 심어진 벼 포기에 별이 핀다
수근대는 숲
휘청거리는 절망 끝에서
판토마임을 하는 하얀 얼굴
내가 누구인가
나를 찾아주시오 제발!
소리를 찾아 나선다
허공 속의 손짓 발짓
굳어버린 파란 입술
넋이 빠져버린 나그네 그 모습은
피를 토하듯
온몸으로 우는 형벌의 꽃
깊은 밤

지경 들판 반듯한 무논에
우주가 열리고
골 따라 심어진 벼 포기에 달이 핀다
—「바람의 집 6」 전문

　전 19행으로 구성된 이 시는 세 개의 부분으로 구획할
수 있다. 곧 이 작품은 1행~4행, 5행~15행, 16행~19행
으로 구분하여 이해하는 것이 적절하다. 거의 완벽한 수
미상응의 형태로 전개되는 이 시는 은근한 예술성이 탁
월하다. '밤'과 '들판'과 '무논' '우주'와 '골'과 '별'과 '달'이
조성하는 이 작품의 처음과 끝은 서정성의 극치를 머금
고 있기 때문이다.
　이 시의 앞뒤를 감싸는 예술성 또는 서정성에도 불구
하고 김정윤이 강조하는 바는 작품의 중간에 위치한다.
시인이 주목하는 이는 '나그네' 또는 "판토마임을 하는
하얀 얼굴"이다. '자기 고장을 떠나 다른 곳에 잠시 머물
거나 떠도는 사람'을 뜻하는 '나그네'는 여수旅愁나 객수客
愁를 느끼기 마련일 터. '판토마임' 또는 '팬터마임
pantomime'은 '대사 없이 표정과 몸짓만으로 내용을 전달
하는 연극'인 '무언극無言劇'을 의미하는데, 김정윤 시인은
팬터마임을 하는 배우의 심경이 나그네의 그것과 유사
하다고 판단한 것 같다.
　우리는 무엇보다도 '나그네' 또는 '팬터마임 배우'의 주
변에서 서성거리는 표현에 주목할 필요가 있다. "휘청거

리는 절망"이나 "굳어버리는 파란 입술" "넋이 빠져버린"이나 "피를 토하듯" 그리고 "온몸으로 우는 형벌의 꽃"이 조성하는 시의 분위기는 무겁다. 이 시에는 절대적인 심연을 향한 무한한 하강과 침전이 있을 뿐이다. 시인이 도달하려는 심연에는 본질이나 근원을 향한 질문이 도사리고 있었으니, 김정윤은 이를 "내가 누구인가/ 나를 찾아주시오 제발!"이라는 극적인 어구에 담아낸다.

> 온통 어둠 속이다
> 대낮에 누가 가로등을 켜 놓다니
> 눈물겹게 잎이 지는 거리에서
> 어제의 길은 사라지고
> 오늘이 또박거리며 걸어온다
> 너무 버거웠을까
> 지리멸렬한 삶으로 무거워진 어깨
> 천근으로 짓누르던 푸른 그리움
> 비로소
> 예감하는 우리의 매듭
> 질긴 매듭이 하나, 둘, 풀려나간다
> 가벼워질 대로 가벼워진 몸
> 빛으로 서서 빛이 되어
> 꽃비보다 찬란한 오색 무지개
> 발등을 덮는다
> 빨, 주, 노, 초, 파, 남, 보

내일을 약속하며
길을 떠난다

— 「바람의 집 7」 전문

앞서 살핀 바와 같이 김정윤 시인은 시 「바람의 집 4」
에서 주어진 '삶' 또는 '생生'을 향한 있는 그대로의 축하
를 제안했고, 시 「바람의 집 6」에서는 진정한 '나'라는 본
질 또는 근원을 향한 열망을 가감 없이 보여주었다. 그
녀가 이번에 다룰 시 「바람의 집 7」 역시 삶이나 존재를
향한 남다른 천착을 멈추지 않는다.

시인이 설정한 시의 공간은 '어둠'으로 가득하다. '대
낮'에도 '가로등'을 켜야만 하는 '어둠'이 사위四圍를 에두
른다. '어둠'의 민낯은 다름 아닌 '지리멸렬한 삶'이었다.
천근만근 어깨를 짓누르는 삶, 질긴 매듭으로 꽁꽁 묶인
삶은 눈물겹다. 우리네 생은 이대로 침몰하고 말 것인
가.

김정윤은 미래지향적인 시인이다. 그녀에게는 지리멸
렬한 '어제'와 '오늘'을 당당하게 극복할 수 있는 희망적
인 '내일'이 존재한다. 이제 우리네 몸은 가벼워지고 무
지개와 빛은 발등과 앞길을 비춘다. 김정윤이 걸어가야
할 시인의 길, 인간의 길은 아직 끝나지 않았다.

소리도 없이 눈이 내리는 날엔

질펀하게 펼쳐진 안개 낀 강변이 떠오른다
죽음의 그림자가 눈 밑에 드리워진 연극배우들이
공연장을 찾아 헤맨다
굳이 찾지 않아도 하나둘 모이는 자체가 연극일 텐데
바람이 불고 가로등이 하나둘 켜질 때쯤
낡은 차 속에서 찾아낸 배우들의 옷가지들은
강변의 빨랫줄에 걸리어 살아있는 듯 춤을 춘다
회색빛의 무표정한 얼굴들
웃는 듯 우는 듯
하지만 시간은 그들의 추억을 갉아먹질 못했다
장미꽃보다 붉게 타오르는 몸짓들
그대여
그대를 잊어버리는 건
21세기를 부정하는 것보다 쉬운 일
이 잿빛 비둘기들 뒤뚱거리는 스산한 강변에서
눈물마저 말라버린 몸뚱이로 연극을 한다
그대여
죽음을 껴안고 사는 일이 새삼스러울 것도 없으련만
웃고 있는 바람이 지금 죄를 짓고 있으니
　　　　　　　　　　　　　—「강변의 연극배우들」 전문

  이 시는 앞서 살핀 시 「바람의 집 6」과 인척간姻戚間이
다. 「바람의 집 6」에는 팬터마임을 하는 배우가 등장하는
데, 시 「강변의 연극배우들」에도 제목에서부터 연극배우
들이 출현한다. 이 시에는 몽환적인 요소가 다분하다.

"눈이 내리는" "안개 낀 강변"에서 현실과 환상의 아슬아슬한 줄타기가 벌어진다.

"죽음의 그림자가 눈 밑에 드리워진 연극배우들" 또는 "검은색의 그로테스크한 무표정한 얼굴들"이 내세우는 바는 물론 '죽음'이다. 우리는 죽음을 목전에 둔 채 공연장을 찾아 헤매는 배우들, 강변의 빨랫줄에 걸려서 살아 있는 듯 춤추는 그들의 옷가지들을 보며 '완전히 죽지 않은 사람들the undead'을 상기한다.

독자는 이 시에 등장하는 배우들과 그들이 벌이는 연극을 어떻게 이해해야 하는가. "굳이 찾지 않아도 하나둘 보이는 자체가 연극일 텐데"라는 진술은 의미심장하다. 우리는 시인이 '인생'을 '연극'으로, '인간'을 '연극배우들'로 표현하고 있음을 알 수 있다. 작품의 후반에 제시되는 "이 잿빛 비둘기들 뒤뚱거리는 스산한 강변에서/ 눈물마저 말라버린 몸뚱이로 연극을 한다"는 진술이 고해苦海 곧 '괴로움이 끝이 없는 인간 세상'과 절묘하게 맞아떨어지기 때문이다. 김정윤은 우리에게 "죽음을 껴안고 사는 일이 새삼스러울 것도 없"다고 말한다. 사람의 일은 미리 짐작할 수 없다는 '한 치 앞이 어둠'이라는 말도 있지 않은가. 하지만 미래지향적인 시인, 낙천주의를 포기하지 않는 시인은 당신과 나에게 "시간은 그들의 추억을 갉아먹질 못했다"라는 아름다운 경구警句를 던져준다. 분명한 것은 우리는 아직 살아있다.

나는 오늘에야 알았다

봄이 오기 전에 봄을 알아 버렸고
여름이 오기 전에 여름을 알아 버렸고
가을이 오기 전에 가을을 알아 버렸고
겨울이 오기 전에 미리 두툼한 외투 준비를 한 것

그것이 사악邪惡해져 가는 나이라는 괴물
사악邪惡이란?
이제 더는 내 것이 아닌 파스텔 빛 시절에 대한 화풀이
라는 것
이제 더는 내 것이 아닌 복사꽃 빛 시절에 대한 질투라
는 것
그리고
화풀이와 질투가 체온을 마구마구 떨어뜨린다는 것도 알
았다
화풀이와 질투가 보랏빛 설레임도 낚아채 가는 것도 알
았다

그래서 외로운 거다
그래서 추-운 거다
나이는 그런 것이다

나는
오늘도 나이를 사악 사악 먹는다

— 「나이란」 전문

시의 화자 '나'에 따르면 명사 '나이'는 동사 '알다'와 친형제처럼 긴밀하다. '나'는 나이를 먹어가면서, 반복적인 체험 속에서 봄, 여름, 가을, 겨울을 곧 거의 모든 상황을 미리 준비할 수 있게 되었다.

삶의 문제에 대처할 수 있는 막강한 힘을 얻었음에도 불구하고, 시인이 긍정적인 관점에서 나이를 바라보는 것만은 아니다. "사악邪惡해져 가는 나이라는 괴물"이라는 과격한 어구가 이를 입증한다. 김정윤은 나이를 '사악'한 것으로 곧 '간사하고 악한 대상'으로 파악한다. 시인에 따르면 나이는 '괴물'이어서 '화풀이'와 '질투'라는 부정적인 속성을 동반한다. 나이는 '파스텔 빛 시절' 또는 '복사꽃 빛 시절'이라는 '나'의 황금시대를 앗아갔다. 나이는 '나'의 체온을 떨어뜨리고, 보랏빛 설렘도 낚아챈다. '나'는 육체적으로, 또 정신적으로 외롭고 춥다.

그런데도 이 시의 5연에는 김정윤 시인 특유의 옵티미즘optimism이 생생하다. "나는/ 오늘도 나이를 사악 사악 먹는다"에서 '사악 사악'은 소박한 의성어나 의태어가 아니다. '사악邪惡'과 '사악 사악'의 병치는 단순한 언어유희를 초월하는 것이다.

눈꽃열차를 타고 간다
시간이 멈춘 듯 적막한 태백역
간간이 쌓인 눈 조각 사이로

구름을 뚫고 해가 비친다
눈보다 더 많은 사람들, 사람보다 더 많은 차들
검댕을 칠한 혼령이 한바탕 살풀이를 하는
마당에서 살아있음이 얼마나 큰 슬픔이라는 걸 나는 알
겠다
요설이 진실로, 뒷담화에서 거짓된 세상의 그림자를
사방이 무덤인 이곳 광산에서
장구 치고, 북 치고, 꽹과리의 절묘한 화음에 혼령인들
즐겁지 아니할까
나는 오늘도 지하갱도에 갇힌 사람들의 풍경으로
움직이지 않는 박제된 역할을 할 뿐
나의 시간은 더는 흘러가지 않는다
그냥 조용히 지나가기를 바랄 뿐
삶과 죽음이 한 몸으로 구도를 이루고 있는 곳
절대 고독과 절대 슬픔만이 가치가 있는 곳
생각과 생각이 캄캄한 갱도를 따라 흐느적거릴 때
머리 위에서 우르릉쾅쾅 무덤 닫히는 소리 들린다
이제 비에 젖은 옷을 벗어 걸어둘 시간
이제 생의 폐허 위에 검은 비 내릴 시간

나는
이제 그만 내 주검 위에 하얀 눈꽃을 쌀밥처럼 뿌려주고
싶다

—「태백 눈꽃축제에」 전문

김정윤의 시는 삶에 대한, 자신을 향한 치열한 고민의 산물이다. 그녀가 신봉하는 긍정성과 낙천주의는 더 나은 내일을 신뢰하는 미래지향적인 시 세계를 전개한다. 하지만 시인 역시 인간이기에 때로 무너지고 싶은 순간이 없을 수 없다.

우리는 이 시의 "살아있음이 얼마나 큰 슬픔이라는 걸 나는 알겠다"나 "나의 시간은 더는 흘러가지 않는다" "삶과 죽음이 한 몸으로 구도를 이루고 있는 곳/ 절대 고독과 절대 슬픔만이 가치가 있는 곳" 또는 "이제 이 세상의 하늘과 작별할 시간" 그리고 "이제 생의 폐허 위에 검은 비 내릴 시간" 등의 어구에서 슬픔, 고독, 폐허, 시간, 작별, 죽음 등의 핵심어와 대면한다.

'눈꽃열차'와 '눈 조각'이 대변하는 삶의 기쁨은 '광산'과 '지하갱도'가 대표하는 죽음의 슬픔과 극적으로 대비된다. 시의 화자 '나'는 눈부시게 찬란한 태백 눈꽃 축제에서 삶이란 언젠가 죽음으로 귀결될 수밖에 없다는 아픈 인식에 도달한다. 그런 까닭에 이 글은 시인이 2연으로 독립하여 처리한 "나는/ 이제 그만 내 주검 위에 하얀 눈꽃을 쌀밥처럼 뿌려주고 싶다"는 애틋한 진술에 각별한 눈길을 주고 싶다.

세상에 눈이 온다

잎을 다 떨군 겨울나무의 파르스름한 몸뚱이 위로 하염

없이 젖어간다

"연말입니다.
불우이웃돕기 성금 내지 마세요. 그 돈 불우이웃에게 안
갑니다
당신이 따뜻한 마음을 가진 사람이라면
길거리에서 추위에 떨고 계신 행상분들의 물건을 팔아주
세요
그게 바로 이웃돕기입니다"

사회에 쓴소리 마다치 않는 어느 스님의 SNS에 올린 글
이다.

지금도 눈은 오고 있고

나는 아무 까닭 없이 작은 수족관에 떠오르는 오색 찬란한

푸른 이끼를 생각한다.

겹겹이 이해할 수 없는 세상에서 펼쳐 든 뉴스 한 토막

눈은 오고 있다
              ―「어처구니없는 일들이 난무하는」 전문

이 시는 눈이 오는 상황과 어느 스님이 SNS 곧 Social

Network Service(온라인으로 여러 사람들과 관계를 맺을 수 있는 서비스)에 올린 글이 서로 화학작용을 일으키면서 촉발되었다. 연말에 낸 불우이웃돕기 성금이 불우 이웃에게 제대로 전달되지 않는다는 이야기는 '어처구니없는 일들' 중 하나임이 틀림없다.

김정윤은 작품의 처음에 "세상에 눈이 온다"를 배치하고 중간에 "지금도 눈은 오고 있고"를 안배한 후, 끝은 "눈은 오고 있다"로 갈무리한다. '이해할 수 없는 세상'을 살아가는 시의 화자 '나'가 할 수 있는 일은 다만 생각하는 행위이다. "나는 아무 까닭 없이 작은 수족관에 떠오르는 오색찬란한// 푸른 이끼를 생각"하는 것이다.

김정윤은 독자에게 끝없이 내리는 눈의 행렬 앞에 놓인 '나'의 생각하는 행위 곧 무심함을 환기한다. 시인은 그렇게 함으로써 이해할 수 없는 세상의 어처구니없는 일들을 간접적으로 비판하는 것이다. 한편 시종일관 눈이 내리는 이 시의 정황은 백석의 시 「나와 나타샤와 흰 당나귀」나 박용래의 시 「저녁눈」을 연상시킨다는 점에서 흥미롭다.

3.

이 글은 김정윤 시인의 세 번째 시집에 주목하였다. 완성도를 감안하여 엄선한 일곱 편의 시를 집중적으로 살폈더니 다음과 같은 결론이 도출되었다. 우선 김정윤은 소유만을 지향하는 현대인의 삶을 비판하면서 존재 그 자체를 존중하는 삶을 살 것을 제안했다. 또한 시인은 본질이나 근원 곧 진정한 자신을 찾을 수 있는 질문을 던졌다.

김정윤의 시에는 지리멸렬한 '어제'와 '오늘'을 당당하게 극복할 수 있는 희망적인 '내일'이 존재한다. 시인의 시는 삶에 대한, 자신을 향한 치열한 고민의 산물이었다. 그녀가 신봉하는 긍정성과 낙천주의는 더 나은 내일을 신뢰하는 미래지향적인 시 세계를 전개한다. 시인 역시 인간이기에 때로 무너지고 싶은 순간이 없을 수는 없지만, 김정윤 특유의 옵티미즘은 많은 독자들에게 희망의 세레나데를 들려줄 수 있을 것이다.

끝으로 문학적 기초가 탄탄한 김정윤 시인의 시 세계는 긍정적인 의미에서의 개방성으로 충만하다. 앞으로 김정윤의 시 세계는 자연스럽게 확장되고 더욱 심화될 것으로 기대된다. 그녀의 시편에는 이해할 수 없는 세상의 어처구니없는 일들을 간접적으로 비판하는 커다란 힘이 내재한다.